# Pastels

POÉSIES ROUMAINES

DE

## ALECSANDRI

DUBLEZ 190. H. LE SOUDIER
BRUXELLES ÉDITEUR A PARIS

À Monsieur Léopold Delisle,

Membre de l'Institut,

Administrateur Général

de la Bibliothèque Nationale

etc.        etc.        etc.

Respectueux hommage

C. Bengesco

Constantinople, octobre 1902.

# Pastels

## *(1862-187...)*

# *Pastels*

POÉSIES ROUMAINES

de

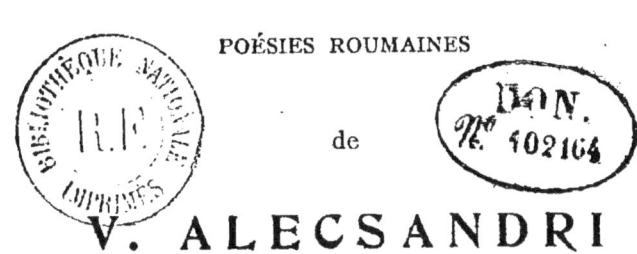

## V. ALECSANDRI

TRADUITES EN VERS FRANÇAIS

par

### Georges BENGESCO

1902

P. LACOMBLEZ

ÉDITEUR A BRUXELLES

H. LE SOUDIER

ÉDITEUR A PARIS

*Il a été tiré de ce livre 15 exemplaires sur papier de Hollande Van Gelder, numérotés à la presse.*

*N° 8*

*À ma chère femme*

G. B.

# INTRODUCTION

*Alecsandri est parmi tous les poètes roumains celui dont la renommée est la plus grande, l'œuvre la plus populaire, la gloire la plus pure... Son nom, célèbre en Roumanie, n'est pas ignoré à l'étranger, surtout en France, où le poète a été élevé; où il a publié son premier recueil de vers (en langue roumaine); où il a rempli, à diverses reprises, des missions politiques importantes; enfin où il représentait encore, au moment de sa mort, en qualité d'envoyé extraordinaire, Sa Majesté le Roi Charles I<sup>er</sup> de Roumanie.*

*Il nous serait impossible de retracer, même très brièvement, dans les quelques pages dont nous pou-*

1

*vons disposer en tête de ce volume, la vie de Vasile
Alecsandri : car le poète ayant été mêlé, pendant un
demi-siècle, à tous les grands événements de l'histoire
contemporaine de son pays, c'est cette histoire même
qu'il nous faudrait écrire ; nous nous bornerons donc
à rappeler le rôle considérable qu'il a joué aussi bien
dans le réveil littéraire que dans la régénération
politique de la Roumanie, et nous dirons aussi pourquoi, parmi tant d'œuvres qui ont rendu son nom
immortel, nous avons choisi de préférence les* Pastels
*pour en risquer la traduction que nous offrons
aujourd'hui au public.*

*Vasile Alecsandri est né en 1821, à Bacau
(Roumanie), d'une famille très vraisemblablement
originaire d'Italie. Il fit ses premières études dans
un pensionnat français de Jassi, puis, en 1834, à
l'âge de treize ans, il partit pour la France, en
même temps que d'autres jeunes Roumains de sa
génération, parmi lesquels nous citerons seulement
Alexandre-Jean Couza, le même qui devait réaliser
vingt-cinq ans plus tard l'union des deux Princi-*

*pautés de Moldavie et de Valachie, et régner jusqu'à
l'avènement du prince Charles de Hohenzollern,
aujourd'hui Sa Majesté le Roi Charles I$^{er}$ de
Roumanie.*

*Dès ses premières années, Alecsandri, nature
essentiellement rêveuse et contemplative, âme sensible,
tendre et délicate, paraît avoir très vivement
ressenti l'attrait mystérieux qu'exerce sur le Roumain la vue des hautes montagnes, des plaines
fertiles, des forêts ombreuses, des gras pâturages,
des plantes et des fleurs odoriférantes qui font la
beauté et la richesse de son pays. Il dévore* Robinson
Crusoé, *dont la lecture lui inspire, avec l'amour de
la mer et des vastes horizons, le goût des explorations
lointaines et des voyages aventureux : plus tard, à
Paris, il lira Jean-Jacques Rousseau, Bernardin
de Saint-Pierre, Châteaubriand, qui achèveront de
l'imprégner du sentiment de la nature et qui, de son
propre aveu, ont eu sur le développement de son génie
poétique une influence décisive et prépondérante.
Incapable de plier son esprit aux théories abstraites*

*des sciences, épris uniquement de poésie et d'idéal,
Alecsandri, qui appartenait à une famille aisée, et
qui n'avait besoin d'aucun diplôme pour assurer son
existence, se contenta de celui de bachelier ès-lettres ;
puis, après avoir commencé la médecine, essayé du
droit, tâté des sciences, sans que rien pût fixer ses
goûts ni ses préférences, il se décida, en 1839, à
rentrer dans son pays, en prenant le chemin des
écoliers et des poètes, c'est-à-dire en visitant, avec le
grand patriote roumain C. Negri, dont il avait fait
la connaissance à Paris, l'Italie, objet de ses rêves
d'adolescent, et dans laquelle il nous a avoué plus
d'une fois qu'il avait retrouvé comme une seconde
patrie.*

*Les premières productions poétiques d'Alecsandri
datent de 1842. Vingt ans à peine s'étaient écoulés
depuis que, rendues à elles-mêmes, les Principautés
de Valachie et de Moldavie avaient recouvré le droit
d'avoir enfin des princes indigènes : le sentiment
national commençait à se réveiller de toutes les
façons, et les patriotes roumains, les Golesco, les*

*Assaki, les Vacaresco, les Negruzzi, les Campi-*
*neano, les Heliade Radulesco s'épuisaient en géné-*
*reux efforts pour remettre en honneur la langue et la*
*littérature roumaines, dont un long siècle de domi-*
*nation étrangère avait entravé l'essor, étouffé les*
*aspirations et arrêté le développement. Sous le règne*
*des princes phanariotes (1716-1821), le grec avait*
*été la langue pour ainsi dire officielle des Princi-*
*pautés. Banni du palais du prince, des demeures*
*des boyards, de l'église, de l'administration, des*
*écoles, l'idiome roumain avait néanmoins trouvé un*
*asile sûr, un refuge sacré dans l'humble cabane du*
*paysan : c'est là qu'Alecsandri ira le chercher pour*
*le faire revivre dans toute sa grâce naïve et dans*
*toute sa pureté.*

*Certes d'autres poètes avant lui — et des plus*
*estimables — les Beldiman, les Conaki, les Vaca-*
*resco, les Momuleanu, les Carlova, — avaient fait*
*d'heureuses tentatives pour réhabiliter leur langue*
*maternelle, que les étrangers accusaient à tort de ne*
*pas se prêter à l'expression des sentiments nobles,*

*élevés, tendres, délicats : mais leur vers, parfois gauche et embarrassé, paraît se ressentir de je ne sais quelle gêne, provenant peut-être de ce que la plupart de ces auteurs avaient appris à parler, à penser et à écrire en grec, c'est-à-dire dans une autre langue que la leur. Beaucoup de traductions — principalement du français — virent alors le jour en Roumanie : les plus réussies sont assurément celles que fit Heliade-Radulesco de quelques-unes des* Méditations *de Lamartine. Quant aux productions originales des prédécesseurs immédiats d'Alecsandri, elles ont presque toutes — en dehors de celles qui sont inspirées par un sentiment d'ardent patriotisme — un caractère érotique et bachique très prononcé : des réminiscences d'Anacréon et des poètes grecs de son école y alternent avec les longs développements didactiques et épiques, si fort en honneur en France sous le premier Empire. Enfin Alecsandri vint, et ses premières poésies, écrites avec un sentiment profond de la nature — et principalement de la nature roumaine —; avec l'élan d'une inspiration prime-*

sautière et affranchie de toute contrainte ; avec le
charme d'une langue exempte de tout néologisme, et
où l'on sentait résonner pour la première fois comme
l'écho même de l'idiome national, le placèrent au premier rang des poètes de son pays, et firent sans con-
teste de lui — ainsi que devait l'appeler plus tard son
rival en gloire, Eminesco — « le roi de la poésie »
roumaine.

Les soi-disant délicats, les raffinés, ceux pour qui
toute poésie consistait dans l'imitation servile des
idées et des formes du pseudo-classicisme grec et
romain, essayèrent bien, au début, de plaisanter et
de « snober » ce poète nouveau jeu, qui au lieu de
chanter la flèche d'Eros ou le carquois d'Adonis,
les foudres de Mars ou le trident de Neptune, rappe-
lait aux Roumains, dans des vers d'une sonorité et
d'une pureté admirables, les hauts faits de leurs
ancêtres (l'Autel du Monastère de Putna ; —l'Heure
fatale ; — le Tartare ; — Chanson guerrière) ou leur
révélait les légendes, les traditions, les coutumes,
voire même les superstitions de leur pays (Marioara

Florioara (1) ; — Cinel-Cinel ; — la Vieille Cloantza ;
le Vampire, etc., etc.). *Mais les connaisseurs ne s'y
trompèrent pas, et saluérent avec joie l'éclosion de ce
jeune talent dont le coup d'essai avait été un coup de
maître. Parmi les plus enthousiastes se trouva une
jeune femme, de grande naissance, Hélène N.... qui
devait exercer une influence considérable sur le développement du génie poétique d'Alecsandri, et qui ne
tarda pas à lui inspirer une de ces passions, mêlées
de culte et d'idolâtrie, dont les grands poètes seuls
ont le rare privilège de traduire et d'exprimer l'in-
tensité. Hélène N... fut la Béatrice, l'Elvire du
jeune poète roumain, et ce touchant roman d'amour
commencé en 1845 et brusquement interrompu par la
mort en 1847 a fait jaillir de l'âme tour à tour heureuse et cruellement déchirée d'Alecsandri quelques-
uns des plus beaux vers de la poésie roumaine* (8 mars
1845 ; — Une Nuit à la Campagne ; — Chant de

(1) Cette charmante légende a été traduite, ou plutôt paraphrasée par
X. Marmier, dans son volume intitulé *Du Danube au Caucase*, (Paris,
Garnier frères, 1854), in-18, pp. 164 et suiv.

Bonheur; — Venise; — Adieu! — Dédicace
(l'Etoile), etc., etc.).

*Ainsi que nous l'avons dit plus haut, les premières
poésies d'Alecsandri,* les Doïnas (1), *(qui dès 1842
avaient paru dans une revue littéraire de Moldavie),
augmentées des* Lacrimioare (Muguets) — *où se
trouvent toutes les pièces consacrées à Hélène N...* —
*et des* Souvenirs, *parmi lesquels un célèbre* Adieu à
la Moldavie *et de belles* Strophes à C. Negri, *l'ami de
jeunesse du poète, et le frère de celle qu'il venait
d'immortaliser dans ses vers, furent réunies en un
volume intitulé :* Doïne si Lacrimioare *et publiées,
en 1853, à Paris, chez* De Soye et Bouchet *(in-18
de 2 ff. de titre et 248 pp.). Le livre, dédié par
l'auteur à son père, offre cette particularité qu'il est
imprimé avec les caractères du vieil alphabet roumain. Quelques jours avant l'original roumain*

(1) « La *Doïna*, dit le poète lui-même, est la plus vive expression de l'âme
» roumaine ; elle renferme tous les sentiments de douleur, d'amour, de désir,
» de regret. — La mélodie de la Doïna est, pour celui qui la comprend,
» comme la plainte même de la patrie, soupirant après la gloire des temps
» passés. »

*avait paru, chez les mêmes éditeurs, la traduction
des* Doïnas *par J.-E. Voïnesco (in-16 de III pp.)* (1)

*Presque dans le même temps, Alecsandri, qui
depuis son retour de France, en 1839, avait commencé à recueillir de la bouche des pâtres, des chanteurs nomades, des musiciens tziganes, les chants
populaires de la Roumanie, en faisait paraître deux
fascicules à Jassi, sous ce titre :* Ballades recueillies
et revues par V. Alecsandri. Jassi, typographie du
Cor roumain, *1852, in-8° de 4 ff. et 100 pp. (1er fascicule) ; de 3 ff., 104 pp. et l'Errata (2e fascicule). —
Traduites par l'auteur lui-même, ces ballades, dont
plusieurs avaient paru dans* la Revue de l'Orient,
*furent publiées en 1855 avec une introduction
d'Ubicini* (Ballades et Chants populaires de la
Roumanie (Principautés danubiennes) recueillis et
traduits par V. Alecsandri, avec une introduction
par M. A. Ubicini. Paris, Dentu, *in-8° de* XLVI *et*

(1) Voici le titre exact de cette traduction : *Poésie roumane. Les Doïnas.
Poésies moldaves de V. Alecsandri, traduites par J.-E. Voïnesco.* — Une
seconde édition, augmentée de trois nouvelles pièces et de deux morceaux en
prose, a été publiée en 1855 : *Paris et Genève, Cherbuliez,* in-12 de 164 pp.

*199 pp.).* — *Il y a eu un tirage à part pour l'*Introduction *d'Ubicini.*

« *Le Roumain est né poète,* » *disait Alecsandri
dans l'Avertissement placé en tête des* Ballades.
« *Doté par la nature d'une imagination puissante et*
» *d'une âme sensible, il répand dans de douces mélo-*
» *dies et dans des poésies improvisées — car il ne sait*
» *encore ni lire ni écrire — toutes les aspirations*
» *secrètes de son cœur... Trésor inestimable de sen-*
» *timents mélancoliques, d'idées élevées, de notices*
» *historiques, de croyances superstitieuses, de cou-*
» *tumes anciennes et surtout de beautés originales*
» *sans pareilles dans les littératures étrangères, nos*
» *poésies populaires constituent une richesse natio-*
» *nale digne d'être mise au jour, comme un titre*
» *éternel de gloire pour la nation roumaine...*» (I) —

(1) Cet avertissement a été reproduit en tête de l'édition des *Poésies
populaires des Roumains,* (*Poesiï populare ale Românilor*), publiée à
*Bucarest,* en 1862, gr. in-8°, de XII et 416 pp.

Cette nouvelle édition était dédiée à S. A. S. la princesse Régnante Hélène
Couza, femme du prince Alexandre-Jean 1ᵉʳ, dont Alecsandri avait été le com-
pagnon d'études, à Paris, et dont il était devenu en 1859, le ministre des
Affaires étrangères.

*Il est facile de comprendre quelle reconnaissance la
Roumanie a vouée au poète qui a recueilli pour la
première fois et qui a publié ces chants populaires, où
l'on retrouve en effet toute la richesse d'imagination
du peuple roumain, toute la mélancolie et aussi toute
la fierté de son cœur, le souvenir des jours de gloire,
celui des jours d'oppression et de deuil, et qui — dans
un pays dont l'histoire n'a pu que très tardivement
être reconstituée et écrite — forment comme l'âme des
générations disparues se communiquant aux générations nouvelles. On a souvent reproché à Alecsandri
d'avoir plus ou moins altéré ces chants populaires,
d'y avoir mis du sien, et de ne les avoir pas reproduits
tels qu'il les avait recueillis, dans leur forme impar-
faite, dans leur style fruste, dans leur prosodie fau-
tive et irrégulière. Le poète s'est toujours défendu
d'avoir contrefait, par manière de pastiche, les
poésies populaires roumaines, tout en reconnaissant
loyalement, et dès la première heure, qu'il s'était
efforcé de sertir et de monter ces pierres précieuses,
en les débarrassant de leurs scories, et en les enchâs-*

*sant dans une couronne d'un prix inestimable : le fol-*
*klorisme y a perdu peut-être quelques vagues données*
*scientifiques ; la littérature et l'art y ont certai-*
*nement gagné! Voici d'ailleurs comment, dans une*
*lettre inédite de l'année 1855, Alecsandri explique*
*lui-même le travail de reconstitution auquel il s'est*
*livré dans la publication des* Poésies populaires :
« *Après avoir parcouru les montagnes et les plaines,*
» *me mêlant aux paysans dans les foires, entrant*
» *bravement avec eux dans les cabarets, assistant*
» *aux horas* (1) *des villages, grimpant sur les sommets*
» *pour trouver des bergers-troubadours, fréquentant*
» *les monastères, écoutant partout les récits des*
» *contes populaires, des légendes fantastiques, etc.,*
» *etc..., et sténographiant à la hâte tout ce qui arri-*
» *vait à mon oreille..., je possédais un gros fatras de*
» *vers altérés par la bouche des chanteurs, de lé-*
» *gendes tronquées, de pièces confondues dans un*
» *désordre épouvantable ; mais les pierres précieuses*

(1) Danse populaire des Roumains.

» *étaient là sous ma main ; il ne s'agissait que de les*
» *polir, de les remettre à leur place primitive, de les*
» *enchâsser enfin pour reconstituer les anciens joyaux*
» *poétiques de nos ancêtres. C'était pour moi une*
» *occupation pleine d'intérêt et de charme...* » (1)

*Poète lyrique de premier ordre, restaurateur des*
*chants populaires de la Roumanie, Alecsandri a en*
*outre la gloire d'avoir été le père du théâtre roumain.*
*Pendant près d'un demi-siècle, la scène a retenti des*
*applaudissements soulevés par ses comédies, par ses*
*drames, et surtout par de charmantes saynètes prises*
*sur le vif, d'une observation très juste, d'une ironie*
*aussi fine que mordante, et dans lesquelles il a fait*
*revivre, avec un sentiment très réel du ridicule, quel-*
*ques-uns des types de la société moldave d'il y a*

---

(1) Extrait d'une lettre inédite d'Alecsandri à Ubicini, laquelle se trouve
en notre possession. — Cf. la lettre d'Alecsandri à M. J. Cratiunesco, publiée
à la fin de l'ouvrage : *Le peuple roumain d'après ses chants nationaux.*
(Paris, Hachette, 1874, in-8°, pp. 327-328) : « J'ai fait pour quelques-unes de
» ces poésies ce qu'un joaillier fait pour des pierres précieuses. Loin de les
» avoir arrangées conformément au goût moderne, je les ai conservées comme
» des bijoux d'or que j'avais trouvés couverts de rouille et aplatis. J'en ai
» fait disparaître les taches, et leur ai rendu leur éclat primitif..... »

*soixante ans. Dans sa haine de l'étranger, dans son constant désir d'épurer non seulement les mœurs mais encore la langue de son pays, il a infligé les coups d'une satire impitoyable à tout ce qui n'était pas roumain, à tous ceux dont le costume, le langage et les sentiments allaient à l'encontre des idées de reconstitution et de régénération nationales dont il s'était fait le défenseur et l'apôtre. La verve d'Alec-sandri, puissamment soutenue et mise en relief par le talent d'un interprète incomparable, le grand acteur roumain, M. Millo, s'est ainsi exercée aux dépens de toute une série d'abus et de préjugés, de toute une classe d'individus qu'il a combattus sans relâche avec l'arme toujours si sûre du ridicule. Ces saynètes ont aujourd'hui beaucoup perdu de leur intérêt, parceque l'état de notre société roumaine actuelle diffère sensiblement de ce qu'il était au temps des débuts d'Alecsandri : elles n'en demeurent pas moins comme le miroir fidèle d'un passé que personne ne regrette, mais qu'il sera toujours intéressant et parfois instructif d'évoquer.*

*Dans la collection des* Œuvres complètes *du poète,
le* Théâtre *forme quatre volumes : Tome I*er *:* Chan-
sonnettes comiques, saynètes, opérettes; *Tome II*e *:*
Vaudevilles; *Tome III*e *:* Comédies; *Tome IV*e *:*
Drames, *auxquels il faut ajouter un drame historique :* Despot-Voda *(1879) et deux pièces inspirées
par le souvenir d'Horace et d'Ovide :* la Fontaine de
Blanduzie *(1884) et* Ovide *(1895) — ses dernières
productions dramatiques — œuvres intéressantes,
rachetant par l'élévation des idées, par la grâce des
sentiments, enfin par la perfection poétique de la
forme les défauts d'une fable trop souvent languis-
sante et d'une intrigue dont la marche n'est pas
toujours très soutenue. Notons enfin, à l'actif drama-
tique d'Alecsandri, une petite comédie en vers français,* les Bonnets de la Comtesse (Bucarest, 1882),
*qui a été jouée à Paris, par M*me *Marie Dumas, aux
matinées littéraires de la Gaîté.* (1)

---

(1) Alecsandri a également publié, en français, sous le pseudonyme de
V. Mircesco, une *Grammaire de la langue roumaine, précédée d'un
Aperçu historique sur la langue roumaine, par* A. Ubicini *:* Paris Mai-
sonneuve, 1863, in-18, de 4 ff. XXVI et 179 pp.

*Si le théâtre d'Alecsandri présente quelques fai-
blesses, principalement en ce qui concerne la conception et la conduite de ses drames, il n'en va pas de
même de celles de ses œuvres poétiques qui lui ont été
inspirées par l'amour sans bornes qu'il avait voué à
sa patrie. Ici, pas de réserves, pas de restrictions, pas
de critiques possibles. Le poète a chanté, dans des
vers qui vivront aussi longtemps que notre langue,
tous les grands faits, tous les événements marquants
de l'histoire roumaine, mêlant aux mélodies les plus
harmonieuses de sa lyre les mâles et énergiques
accents d'un véritable Tyrtée moderne. (Voyez
notamment ses pièces :* Le Réveil de la Roumanie
*(1848);* — la Sentinelle roumaine *(même date);* —
l'Année 1855; — la Moldavie en 1857; — la Hora
de l'Union *(1857);* — *toute la série des* Légendes
historiques, *parmi lesquelles il en est d'admirables (1);*

---

(1) Quelques-unes de ces *Légentes* ont été traduites en français par
A. Rocaresco (Antonin Roques). — *Légendes et doïnes roumaines, imitées
de M. B. Alecsandri; Paris, Moquet,* 1854, in-12. — Les *troisième* et *qua-
trième* éditions ont paru chez *Lemerre,* en 1858 et en 1879 (in-18 jésus).

*enfin le recueil intitulé :* Ostasii nostri (Nos Guer-
riers), *et consacré tout entier à célébrer les exploits
des héros de Grivitza et de Plewna. (1)*

    *Le patriotisme d'Alecsandri ne s'est pas borné à
chanter, dans des vers impérissables, la vaillance de
la race roumaine. Convaincu de bonne heure que
« la foi qui n'agit point n'est pas une foi sincère », il
est entré hardiment, lui, l'homme pacifique et doux
par excellence, dans la mêlée ardente des partis, et il
est peu d'événements de notre histoire contemporaine
dont il n'ait pu dire avec fierté :* « et quorum pars
magna fui. »

(1) Dans la collection des *Œuvres complètes* d'Alecsandri, ce volume
forme le tome IV<sup>e</sup> des *Poésies*, qui comprennent :

      Tome   I. — *Doïnas et Muguets.*
      Tome  II. — *Muguets (Margaritarele).*
      Tome III. — *Pastels et Légendes.*
      Tome IV. — *Nouvelles Légendes. — Nos Guerriers.*

    Un volume de *Prose*, contenant des *Nouvelles*, des *Souvenirs de voyage*,
enfin quelques biographies complète cette collection, qui a été donnée par
l'auteur lui-même, à Bucarest, chez *Socec*, de 1875 à 1880. — Une nouvelle
édition des *Œuvres* d'Alecsandri a été publiée plus récemment par le même
éditeur ; elle est due aux soins éclairés de M. J. Bianu, professeur à la
Faculté des lettres de Bucarest, membre de l'Académie et député au Parle-
ment roumain.

Dès son premier séjour en France, nous le voyons
se lier d'amitié avec Ion Ghica, avec les frères Bra-
tiano, avec Negri, ces grands patriotes dont le nom
est gravé en lettres d'or au fond de tous les cœurs
roumains, et rêver avec eux, pour la mère-patrie,
des destinées meilleures et un avenir plus clément.

L'idée de l'union des Principautés germe dans leur
esprit et échauffe leur âme d'un noble enthousiasme.
Rentré dans son pays, Alecsandri se met bravement
à l'œuvre et s'attache à battre en brèche, par la
plume et par la parole, sur la scène comme dans la
presse, l'édifice vermoulu des vieilles institutions
politiques moldaves ; rien ne l'arrête, rien ne le rebute,
pas même l'exil après 1848. Réfugié en France, il
paye de sa personne, de sa plume, de sa bourse, s'ef-
force de créer à la Roumanie des amitiés fidèles et
des appuis solides, met à profit ce nouveau séjour à
l'étranger pour intéresser l'Europe occidentale au
sort des Principautés, si bien qu'après son retour à
Jassi (1854), il se trouve tout indiqué et tout préparé
pour jouer le rôle de négociateur que, dès son avène-

ment au trône, lui confie son ami de jeunesse,
Alexandre Couza, devenu, sous le nom d'Alexandre-
Jean I<sup>er</sup>, prince régnant des Principautés Unies de
Moldavie et de Valachie.

Ministre des affaires étrangères du nouveau Souverain, Alecsandri est envoyé en mission à Paris, à
Londres et à Rome pour plaider auprès de Napo-
léon III, de la reine Victoria et de Victor-Emmanuel
la cause du jeune Etat danubien. La finesse de son
esprit, la loyauté de son caractère, la distinction de
ses manières lui font rencontrer partout l'accueil le
plus flatteur et le plus empressé (1), et le succès de
son ambassade justifie pleinement la confiance que le
prince a mise en lui. Il aurait pu dès lors jouer en
Roumanie un rôle politique considérable : il préféra
se rappeler qu'il était né poète, et comme ce n'était pas
un ambitieux — il l'avait déjà prouvé en refusant,
en 1859, la candidature au trône de Moldavie — il
reprit paisiblement le cours interrompu de ses tra-

(1) Alecsandri a publié dans la revue roumaine : *Concorbiri literare*
(*Entretiens littéraires*), la relation de ses missions politiques en France et
en Angleterre (xii<sup>e</sup> année, pp. 41, 81 et 153).

*vaux littéraires et borna toute son ambition à enrichir
de nouveaux chefs-d'œuvre la littérature de son pays.
Partageant son temps entre sa propriété de Mircesti,
où ses admirateurs et ses amis étaient toujours sûrs
de trouver la plus cordiale hospitalité, et la France,
qu'il revoyait toujours avec joie et à laquelle le rat-
tachaient tant de souvenirs, sans parler d'étroits liens
de famille; ramené de temps en temps à Bucarest,
soit pour y faire représenter quelque nouvelle comédie,
soit pour y prendre part aux débats des Assemblées
législatives (il était en dernier lieu vice-président du
Sénat roumain); appelé fréquemment à Sinaïa par
la haute bienveillance et l'affectueuse amitié que lui
témoignèrent, jusqu'à la fin de sa vie, LL. MM. le
Roi et la Reine de Roumanie (I), Alecsandri avait*

(1) Voyez dans la *Bibliothèque internationale de l'Alliance scientifique
universelle* de 1895 (t. II, fasc. I) un article sur Alecsandri, dû à la plume
de Carmen Sylva (S. M. la Reine de Roumanie). — On peut consulter sur la
vie et les œuvres d'Alecsandri le discours de réception de M. D. C. Ollanesco
à l'Académie roumaine et la réponse de M. Jacques Negruzzi (*Annales de
l'Académie roumaine*, 1894, XVI, I, 203 et suiv.); les *Lettres d'Ion Ghica
à Alecsandri* (en roumain); *Bucarest*, 1884 et 1887, in-8°; *Vasile Alecsandri*, étude critique par N. Petrasco (également en roumain; *Bucarest*,
Socec, 1894, in-18).

acquis, *sur la fin de ses jours, dans son pays, la popu-
larité dont jouissait Victor Hugo en France, pendant
les années qui précédèrent sa mort. Couronné, en
1878, aux fêtes du Félibrige, à Montpellier, pour
son* Chant de la race latine *(1), et promu, à cette occasion, officier de la Légion d'honneur, le poète fut
nommé, en 1885, envoyé extraordinaire et ministre
plénipotentiaire de Roumanie près le Gouvernement
de la République française ; il a rempli ce poste im-
portant avec la plus grande distinction, et l'a conservé
jusqu'à sa mort, survenue à Mircesti, le 3 septembre
1890.*

*Les* Pastels, *que nous avons entrepris de faire
connaître pour la première fois au public français,
ont été écrits par Alecsandri à Mircesti de 1862 à
1871, et ont paru dans la revue intitulée* Convorbiri
literare, *dont il a déjà été question dans la note de la
page XX (2). De l'avis des juges les plus compétents,*

(1) *Centenaire de Faure. Le Chant du latin de V. Alecsandri. Traduit
en provençal par Frédéric Mistral, etc. Montpellier, imp. Boehm et fils,*
1884, in-8°.

(2) Numéros des 1er avril et 15 mai 1868 ; 1er janvier, 1er mars et 1er mai
1869 et 15 décembre 1871.

*les* Pastels *sont l'œuvre maîtresse du grand poète*
*roumain. « Cette suite de poésies »,* — *dit dans ses*
*remarquables études critiques M. T. Maïoresco (1),*
— *« la plupart lyriques, généralement descriptives,*
» *quelques-unes ayant un caractère idyllique, sont*
» *inspirées par un sentiment si puissant et si pur de*
» *la nature, et sont écrites dans une langue si*
» *merveilleuse qu'elles sont devenues, sans aucune*
» *comparaison possible, le plus bel ornement de la*
» *poésie et de la littérature roumaines... Pas l'ombre*
» *de déclamations politiques ; aucune trace de*
» *sentiments factices et apprêtés ; pas d'extases ni de*
» *désespoirs de commande ; partout une conception*
» *naturelle, et le souffle rafraîchissant d'une âme*
» *pleine de force et de santé... » Et en effet, comme*
*la passion dans la chanson du roi Henri (2), la*
*nature « parle toute pure » dans les* Pastels *d'Alec-*
*sandri. Rarement, croyons-nous, poète lyrique a*
*décrit avec cette émotion et cette simplicité* — *qui est*

(1) T. Maïoresco. *Critice (Bucarest,* Socec, 1874, in-18, pp. 349-351.
(2) *Le Misanthrope,* I, II.

dans l'espèce, le comble de l'art — les divers aspects
de la campagne et de la vie des champs : l'hiver
couvrant la plaine de son blanc manteau de neige ; le
premier souffle et les premières caresses de la brise
printanière ; les eaux, les plaines, les forêts ; les
occupations, les joies, les fêtes du village ; les
semailles, la moisson, la fenaison ; — le tout rendu
avec une sûreté de touche et une virtuosité d'exécu-
tion qui font venir instinctivement le mot de « chef-
d'œuvre » sous toutes les plumes et sur toutes les
lèvres.

C'est qu'Alecsandri aime, comprend, sent la
nature : c'est que, depuis sa plus tendre enfance, il
n'a pas eu de plus grande joie que de suivre, pendant
des heures entières, d'un œil rêveur et contemplatif,
le nuage qui passe, l'hirondelle ou la cigogne qui
volent, le soleil qui éclaire de ses rayons ardents son
cher bois de Mircesti (1) ; que d'écouter, d'une oreille
attentive et charmée, l'oiseau qui chante (2), la

(1) Voyez le numéro XXI : Le Bois de Mircesti.
(2) Voyez le numéro XXIV : Le Concert dans le bois.

*source qui murmure, le vent du soir qui bruit dans le feuillage ; que de vivre enfin, l'âme épanouie et le cœur dilaté, dans une atmosphère baignée d'air, de lumière et d'azur.*

*Et — détail curieux à noter — c'est surtout la nature roumaine qui le charme, qui le séduit, qui le fascine : c'est elle qui lui a inspiré, dans les* Pastels, *ses tableaux les plus achevés, ses descriptions les plus poétiques, ses vers les plus harmonieux. Ce poète, qui avait parcouru toute l'Europe, et l'Asie mineure, et une partie de l'Afrique septentrionale — nous avons dit plus haut à quel point il avait la passion des explorations lointaines (1) — ce grand voyageur devant l'Éternel, qui avait vu Venise, Florence, Palerme, Constantinople et le Bosphore, Paris et la Seine, Londres et la Tamise, et Madrid, et Grenade, et Séville, et Cordoue, l'Algérie, le Maroc, plus tard la Crimée, où il avait suivi en curieux l'état-major français sous les murs de Sébastopol, comme on le*

(1) Voyez ci-dessus, page III.

*retrouve en 1859, toujours aux côtés de l'armée*
*française, à Magenta et à Solferino, ne comprenait,*
*ne goûtait réellement la vie que sous le ciel idéale-*
*ment beau de son pays natal. L'extrait suivant d'une*
*lettre qu'il nous écrivait de Mircesti le 27 juillet*
*1888 traduit, avec un rare bonheur d'expression —*
*car Alecsandri maniait la langue française avec*
*beaucoup de charme et d'élégance — ses sentiments*
*intimes à cet égard : « Le voyage de Paris à*
*» Mircesti est une longue promenade à travers une*
*» interminable succession de paysages variés aux-*
*» quels le mouvement du train ajoute un charme de*
*» plus... Notre arrivée a été une véritable fête... Le*
*» lendemain, à dix heures du matin le jardinet qui*
*» entoure mon cottage avait l'aspect d'une corbeille*
*» de fleurs ; les enfants souriaient aux premiers*
*» rayons du soleil et attendaient le réveil du grand-*
*» papa et de la grand'maman pour leur souhaiter la*
*» bienvenue. Toute la poésie du cœur avait entonné*
*» un chant matinal dont l'harmonie est d'une origi-*
*» nalité incomparable et d'un caractère profondément*

» *attendrissant. Ce sont là des moments qui valent*
» *une existence tout entière. On se sent heureux dans*
» *toute l'acception du mot; car on se dépouille de*
» *toutes les misères sociales pour rentrer dans la*
» *nature. Il semble qu'on se mette à nu par une*
» *chaude journée d'été au bord d'une rivière qui vous*
» *attire dans son eau rafraîchissante... On est ahuri*
» *de bonheur. Pendant ce temps la lumière devient*
» *plus intense; le vert des arbres et des gazons*
» *s'accentue sur le fond bleu du ciel, et les cigognes*
» *quittent leur nid pour décrire de larges spirales*
» *dans l'air attiédi. Cela vous grise, et, grâce au*
» *paysage qui vous encadre, vous vous croyez*
» *transplanté dans quelque île de l'Océanie, loin de*
» *toute civilisation imprégnée d'égoïsme... Pour qui*
» *comprend la poésie de notre pays, tous les souvenirs*
» *de l'Occident s'effacent avec une rapidité phéno-*
» *ménale. Pour ma part, je n'ai plus la conscience*
» *d'avoir quitté Paris, et encore moins d'être un*
» *ministre plénipotentiaire quelconque. En un clin*
» *d'œil, je suis redevenu l'hôte primitif de la*

» *Iounka (1), et franchement, je ne suis nullement*
» *fâché du changement.... ».*

*Il semble qu'Alecsandri tout entier revive dans
cette lettre, tel qu'il fut en réalité, c'est-à-dire un
idéaliste dans toute la force du terme ; un lyrique
comme en produira rarement encore la Roumanie ;
un poète bucolique qui n'a aimé, qui n'a chanté que
ce qui, dans la nature, est beau, grand, pur, noble,
serein : la lumière, le soleil, les plaines fertiles, les
monts retentissants et sonores, et le ciel rempli
d'oiseaux, et la terre parsemée de fleurs ; une âme
enfin tendre, sensible, délicate, qui a fait passer le
meilleur d'elle-même dans ses immortelles productions. Si l'on ajoute que les vers des* Pastels *paraissent avoir jailli du cœur même du peuple roumain et
sont comme l'image fidèle et poétique de notre sol et
de notre race, on comprendra pourquoi on a pu dire
d'Alecsandri qu'il a été, qu'il reste notre poète national, comme fut Virgile chez les Romains. Et l'on
nous excusera peut-être d'avoir essayé de mieux faire*

(1) C'est-à-dire du bois (de Mircesti).

connaître à la France un grand poète de race latine,
qui a eu quelques-unes des qualités du génie français : la précision, la clarté, la délicatesse, le charme,
la grâce, — et qui l'a glorifié en toute occasion.

Constantinople, août 1902.

GEORGES BENGESCO

*Pastels*

*N. B. — Pour les notes, le lecteur voudra bien se reporter à la fin du volume.*

# I

## Les Soirées a Mircesti [1]

Les rideaux sont fermés ; on allume les lampes ;
Le feu, doux compagnon, gaîment a crépité,
Et dans l'ombre du soir, mes tableaux, mes estampes
Apparaissent baignés d'une pâle clarté.

Dehors il pleut, il neige, et l'ouragan fait rage ;
L'aquilon furieux bondit à travers champs ;
Mais moi, j'attends tranquille, à l'abri de l'orage,
La Muse à la voix d'or qui m'inspire mes chants.

3

Assis, la plume en main, devant ma table aimée,
Je prends au vol les vers m'arrivant par essaims,
Ou rêveur, je contemple, en son cadre, une almée
Qui dort nonchalamment sur de moëlleux coussins.

Avec son sein de marbre et ses formes charmantes,
Elle n'est que splendeur, jeunesse et volupté ;
Telle surgit Vénus des ondes écumantes
Pour révéler l'éclat divin de la beauté !

Dans la sanglante horreur d'un combat qui s'achève
Râlent des morts jetés au fond d'un trou béant ;
Un guerrier, étreignant les tronçons de son glaive,
Fixe ses yeux éteints sur le seuil du néant !

Puis, mon regard, errant à l'aventure, admire
La splendide cité qui berça mes amours,
Venise, dont le front dans les flots bleus se mire,
Sans voir s'y refléter l'éclat des anciens jours ! [2]

Une larme !... Mais sur la mer blanche d'écume
Passent des alcyons, de légers brigantins,
Et voici dans les airs, sous la première brume,
Les oiseaux émigrant vers des pays lointains.


O charme de la vie errante, vagabonde !
Nostalgique regret d'un ciel limpide et clair !
Besoin de gai soleil et de lumière blonde,
Vous transportez mon cœur, quand sévit l'âpre hiver !


Dehors il neige, il neige, et, glacial, décembre
Remplit de ses frissons la vaste obscurité ;
Moi, je rêve de fleurs et de flots d'or et d'ambre
Que la lune sereine inonde de clarté.


Dans un monde inconnu, je vois de beaux rivages,
Et des lacs de saphir, et des cités autour ;
En d'épaisses forêts des hordes de sauvages,
Des nymphes se baignant aux premiers feux du jour !

A travers la fumée opaline et légère
Du cigare, je vois des preux au champ d'honneur,
Et dans de beaux harems, où furtivement j'erre,
Des houris dont la grâce ensorcelle le cœur.

Puis, quand ma fantaisie a replié son aile,
Soudain tous ces tableaux s'effacent lentement,
Et je demeure seul, ému, le cœur fidèle,
En face d'un portrait mystérieux, charmant!

Mon âme vole alors vers la terre lointaine,
Vers le cher paradis où jadis j'ai souffert,
Et montagne, forêt, étoile, lac, mer, plaine
Entonnent pour moi seul un sublime concert.

C'est ainsi qu'en hiver, retiré, solitaire,
Sur de beaux arcs-en-ciel je vogue au pays bleu,
Jusqu'à ce que mon chien de mes bras saute à terre,
Et que ma lampe enfin s'éteigne avec mon feu.

*Mircesti, 1867.*

## II

### Fin d'Automne

L'hôtesse de nos toits, la légère hirondelle
A déserté son nid pour fuir les noirs frimas ;
La cigogne, elle aussi, s'envole à tire d'aile,
Emportant nos regrets, vers de plus doux climats.

Le bois, couvert de givre, a pris des tons de rouille;
Les champs, hier joyeux, aujourd'hui sont flétris ;
La feuille tombe à terre, et court, triste dépouille !
Ainsi, l'illusion tombe des cœurs meurtris !

Des quatre coins du monde on voit, sous le ciel sombre,
De noirs nuages : tels des dragons écumants ;
Le doux soleil se cache, et l'on entend, dans l'ombre,
Des sinistres corbeaux les longs croassements !

Le jour baisse ; la neige en tombant nous aveugle ;
Le vent d'hiver mugit à travers les cloisons ;
La bête épouvantée aboie, hennit ou beugle,
Et l'homme se recueille auprès de ses tisons !

*Mircesti, 1867.*

## III

## L'Hiver

Des hauteurs du ciel noir, du sein obscur des nues,
Comme un immense vol de papillons pressés,
La neige tombe au loin. Sur ses épaules nues
La terre sent courir de grands frissons glacés.

Il neige nuit et jour. Le sol, à sa surface,
D'une armure argentée a les reflets luisants ;
Dans les cieux le soleil se voile : ainsi s'efface
Un rêve de jeunesse au cours lointain des ans !

Tout est blanc; le vallon, la plaine, la montagne :
Comme des spectres blancs s'alignent les ormeaux ;
Sous la blanche fumée, au loin, dans la campagne,
Apparaissent les toits des bourgs et des hameaux.

Mais soudain, le soleil a percé les nuages,
Caressant l'océan de neige radieux :
De rapides traîneaux courent dans les villages :
On entend des grelots le tintement joyeux.

IV

## LE FROID GLACIAL

Le froid cruel étreint de sa serre éperdue
La prairie engourdie au fond du noir vallon,
Et comme une épousée au tombeau descendue
L'orne d'un voile blanc tissé par l'aquilon.


Le froid descend les monts, voit nos fenêtres closes,
Et contemplant l'ardeur des foyers embrasés,
Sur la vitre gelée il vient poser des roses
Et de beaux lys d'argent éclos sous ses baisers.

D'un souffle, il jette un pont de glace entre deux berges ;
Il revêt de cristal les toits de nos maisons ;
Il empourpre la joue innocente des vierge s
Pour nous remémorer les tièdes floraisons.


Le froid donne aux chevaux dont l'ample poitrail fume
Des ailes d'aigle pour se dépasser entre eux :
O froid ! fais s'envoler mon coursier blanc d'écume
Vers l'invisible but seul connu de nous deux !

V

## L'Ouragan

L'âpre bise mugit, parmi les avalanches
De neige que le vent fait voler dans les airs ;
On voit à l'horizon d'énormes vagues blanches
Semblables aux grands tas de sable des déserts.

L'ouragan déchaîné dévaste la nature ;
Le loup hurle, affamé ; le troupeau tremble ; un vol
De sinistres corbeaux tournoie à l'aventure,
Et les joncs recourbés viennent frapper le sol.

Cris de bêtes, de gens que l'épouvante gagne
Montent de tous côtés, confus et déchirants;
Un long hennissement a rempli la campagne;
Le loup rôde; malheur aux voyageurs errants!


Heureux celui qui seul, perdu dans la tempête,
Entend un aboiement dans le lointain obscur,
Et peut, à la faveur d'une clarté discrète,
Trouver l'abri d'un toit hospitalier et sûr!

## VI

## LE TRAÎNEAU

Le soleil brille ; il gèle ; allons, chère amoureuse !
Notre traineau — doux nid d'hiver — n'est pas bien grand.
— Nous n'y serons que mieux ! — me réponds-tu, rieuse :
Viens, les chevaux sont prêts : le postillon attend !

Dans un jaillissement de rayons, d'étincelles
Le traîneau vole, et creuse un long et blanc sillon ;
Le bruit de leurs grelots donne aux chevaux des ailes
Et l'on entend les cris perçants du postillon [3].

Nous traversons ainsi la plaine unie et blanche;
Voici, dans la forêt, des chasseurs aux aguets;
Un agile écureuil saute de branche en branche,
Et tout au loin le sol est poudré de muguets.


Une fine poussière autour de nous voltige :
Il neige, semble-t-il, des étoiles des cieux !
De belles fleurs d'argent brillent sur cette tige ⁴...
Tu la brises?... La neige aveugle tes grands yeux !

## VII

### Au Cœur de l'Hiver

Il gèle ; au fond du ciel d'acier, les astres mêmes
Semblent glacés : le chêne éclate avec fracas ;
La neige cristalline est comme un champ de gemmes
Et de purs diamants qui craquent sous nos pas.

De blanchâtres vapeurs montent dans l'empyrée,
Pareilles aux piliers d'un temple souverain,
Et soutiennent le poids de la voûte éthérée
D'où la lune répand son flamboiement serein.

Dans ce temple infini des millions de mondes
Jettent, cierges sans fin, leurs feux éblouissants ;
Les monts sont ses autels, et les forêts profondes
Ses orgues, dont le vent fait gronder les accents.

Tout est muet : pas un oiseau dans l'air ; aucune
Empreinte sur la neige ; aucun bruit ; tout à coup
Un fantôme se dresse aux rayons de la lune ;
C'est un homme effaré poursuivi par un loup !

## VIII

## AU COIN DU FEU

L'hiver quand le vent souffle et que les longues veilles
Me font rêver, la nuit, au coin du feu joyeux,
A travers la clarté des flammes, les merveilles
De nos contes naïfs revivent à mes yeux 5.

Chevaux volant aussi vite que nos pensées,
Cerfs au front étoilé courant sur des ponts d'or,
Dragons ayant ravi de belles fiancées,
Oiseaux vainqueurs d'un monstre affreux... Que sais-je encore ?

4

Grands aigles amenant, ainsi que des trophées,
Des profondeurs du sol de beaux princes chéris ;
Dans un blanc lac de lait le chœur charmant des fées,
Et Pépélé [6] caché sous des rosiers fleuris

Mais Iléna [7] surtout me ravit, m'ensorcelle ;
La fleur sourit et chante en ses cheveux dorés,
Et je reste parfois jusqu'au jour devant elle
Pensif, en souvenir de deux yeux adorés.

## IX

## LE PIN

Là-haut, sur la colline à tous les vents ouverte,
Enfoui sous la neige et grelottant de froid,
Le pin majestueux, fier de sa robe verte,
Comme un spectre glacé se dresse immense et droit.

Il regarde, stoïque, au milieu des épreuves,
L'hiver qui s'achemine, armé d'un long bâton,
L'hiver qui sur un ours franchit le lit des fleuves,
L'hiver transi, vêtu de sept peaux de mouton.

Il se secoue et dit : « De tes âpres domaines,
» C'est en vain que tu sors dans ce triste appareil,
» O sorcier malfaisant ! et que tu nous ramènes
» Tes tourbillons de neige et tes jours sans soleil !

» C'est en vain que semant la terreur dans le monde
» Tu détruis les moissons, les ruches et les fleurs,
» Nous envoyant la mort avec le vent qui gronde,
» La faim épouvantable avec les loups hurleurs !

» C'est en vain, mécréant ! que ton souffle de glace
» Gèle les eaux du fleuve et répand des frissons,
» Qu'il fait des verts sentiers disparaître la trace
» Et recouvre mon front d'un dôme de glaçons.

» C'est en vain que l'on voit, au sein de tes tempêtes,
» Voler les noirs corbeaux affamés, croassants ;
» Que du fond des forêts où s'abritent les bêtes,
» Tu fais sortir, la nuit, des hurlements perçants ;

» C'est en vain, ô bourreau sans cœur, que tu prolonges
» Des tristes nuits sans fin le lamentable cours,
» Et qu'insensible aux maux cruels où tu nous plonges,
» Tu raccourcis l'éclat éphémère des jours.


» C'est en vain que tu fais ployer mes vastes branches
» Sous les flocons épais dont je suis recouvert :
» Aux rayons du soleil, et par les neiges blanches,
» En hiver, en été, je reste toujours vert. »

# X

## La Fin de l'Hiver

.Les mauvais jours ont fui : plus d'âpres giboulées [8],
Plus de veilles, pendant qu'il neige sous l'auvent ;
L'air est plein de vapeurs par la plaine exhalées,
Et les chemins, au loin, sont séchés par le vent.


La lumière paraît plus chaude, plus ardente ;
Dans les ravins, la neige évite le soleil ;
La source en murmurant coule plus abondante ;
Sur la branche s'entr'ouvre un frais bourgeon vermeil.

Un papillon doré dans l'espace voltige ;
Un brin d'herbe naissant se montre au fond du bois;
Gravissant doucement la minuscule tige
Un insecte la fait s'incliner sous son poids.


Un brin d'herbe qui pousse, un doux rayon qui grise,
Un papillon qui vole, une clochette en fleur,
Après un long hiver les tiédeurs de la brise
Vous mettent un soleil radieux dans le cœur!

XI

## Les Hôtes du Printemps

Au fond du grand ciel bleu, limpide et sans nuages,
Un point noir apparaît, et puis grandit toujours :
C'est la cigogne, après un de ses longs voyages,
Qui vient nous annoncer le retour des beaux jours !

Elle vole, en traçant des cercles sous la nue,
Puis sur son nid désert s'abat du haut des cieux ;
Et les petits enfants, à la poitrine nue,
L'accueillent, en courant, par des saluts joyeux.

Alouettes dans l'air, sur nos toits hirondelles,
Sous le feuillage vert gais oisillons chantant
Se chauffent au soleil en se lissant les ailes,
Et le vanneau tournoie au-dessus de l'étang.


C'est le printemps qui vient! Tout verdit, tout flamboie;
L'espoir nous rit; nos cœurs d'amour sont embrasés.
A travers des rayons dorés, des chants de joie
La terre avec le ciel échange des baisers.

## XII

## LES GRUES

Du fond de l'horizon émerge un vol de grues ;
Une des leurs se montre en avant, dans les airs ;
Les voici près de nous ; leurs ailes étendues
Brûlent encor des feux du soleil des déserts !

Elles viennent des points extrêmes de la terre,
De l'Inde de Brahma, des climats étouffants
Où le tigre cruel et la noire panthère
Dans les jungles, la nuit, guettent les éléphants !

Oh ! combien envieraient votre heureuse fortune,
Oiseaux charmants à qui le ciel permit de voir
L'Afrique, et le lac Tchad, et les monts de la Lune,
Et les flots du Nil blanc qu'adore un peuple noir !

Chers oiseaux vagabonds ! Hier encor l'Asie
Et ses fleuves sacrés émerveillaient vos yeux ;
Vous étiez à Ceylan, ce nid de poésie ;
— Et vous voilà contents de retrouver nos cieux !

## XIII

## LA NUIT

Au printemps, la nuit est calme, rafraîchissante :
Tel, dans les cœurs saignants, sourit l'espoir béni !
Le ciel est vaporeux. L'étoile éblouissante
Tombe, et se perd, au loin, dans l'espace infini !

Un feu mystérieux brille sur la montagne,
Pareil aux yeux flambants d'un dragon en courroux.
Est-ce un pâtre au repos ? Des gars de la campagne
Avec leurs chariots, ou bien des loups-garous⁹ ?

Soudain, le son du cor retentit dans l'abîme,
Souvenir glorieux des jours de branle-bas,
Où les trompes, la nuit, sonnaient de cime en cime
Pour appeler de loin les Roumains aux combats.

—Tout est calme aujourd'hui; plus rien ne nous menace!—
Parfois un chien, voyant une ombre qui le suit,
Aboie, et dans l'étang, la grenouille coasse,
En fixant ses gros yeux sur l'astre de la nuit!

## XIV

## LE MATIN

L'aube blanchit au loin la campagne apaisée,
Annonçant la chaleur, l'éclat d'un beau soleil;
Et bientôt absorbant les pleurs de la rosée,
Le roi du jour paraît à l'horizon vermeil.


Il franchit les degrés de l'escalier céleste,
Et ses rayons de feu caressent tendrement
La pâle violette et l'anémone agreste
Qui parmi les buissons montrent leur front charmant!

L'oiseau dans la forêt assouplit sa voix fraîche ;
On aiguise à grand bruit les faux sous les auvents ;
Dans les vignes, les champs, des monceaux d'herbe sèche
Brûlent en répandant leur cendre à tous les vents.

Le cheval dans son pré gambade ; l'agneau bêle ;
Le troupeau sur les monts se disperse en courant,
Et, filant sa quenouille, une enfant douce et belle
Paît ses oisons dorés près des eaux d'un torrent.

## XV

### Le Tonnerre

Une ombre errante passe au-dessus des campagnes,
Envahissant la plaine où les blés sont germés,
Comme un torrent fougueux descendu des montagnes
Dévaste au loin les champs de débris parsemés.


Des grands nuages blancs c'est l'ombre vagabonde ;
On dirait, à les voir glisser sous le ciel bas,
Des montagnes en marche : ils vont dans l'air qui gronde,
Et bientôt le tonnerre éclate avec fracas.

5

La terre, brusquement rappelée à la vie,
Présageant que l'hiver morose va finir,
Répond par mille voix à ce signal, ravie
De se sentir enfin renaître et rajeunir !

Et ce ne sont que vœux du couchant à l'aurore ;
— Des vautours, tournoyant au milieu des éclairs,
Accourent écouter la fanfare sonore
Que le printemps joyeux fait vibrer dans les airs !

## XVI

### LES RAMEAUX

Après les jours d'âpre froidure
Voici les beaux jours revenus ;
Le printemps couvre de verdure
Les prés, hier transis et nus !
Les Rameaux font briller plus vive
La flamme du soleil joyeux,
Et le doux soleil nous arrive
Avec les Rameaux radieux !

Partout des chants, partout des fêtes!
Quel péché de mourir, vraiment!
Le ciel est peuplé d'alouettes!
La vie est belle en ce moment!
Les Rameaux font briller plus vive
La flamme du soleil joyeux,
Et le doux soleil nous arrive
Avec les Rameaux radieux!

Ne veux-tu pas, mon amoureuse,
Aller, nous tenant par la main,
Cueillir dans la forêt ombreuse
La violette et le jasmin?
Les Rameaux font briller plus vive
La flamme du soleil joyeux,
Et le doux soleil nous arrive
Avec les Rameaux radieux!

Pour chaque fleurette odorante
Je te donnerai cent baisers,

Et toi, tu prendras, souriante,
De très grands airs scandalisés !
Les Rameaux font briller plus vive
La flamme du soleil joyeux,
Et le doux soleil nous arrive
Avec les Rameaux radieux !

## XVII

### PAQUES

Pour Pàques, le village a fait ses maisons belles;
Leur toit couvert de chaume étincelle au soleil;
Debout sur une patte, et le cou sous ses ailes,
La cigogne craquète, en un demi-sommeil.

Dans une immense roue [10], une jeunesse folle
Pousse des cris joyeux à briser le tympan;
La hora [11] lentement tourne sur l'herbe molle
Au son des violons et des flûtes de Pan.

Vieillards aux traits ridés et jeunes gens alertes,
Filles aux blancs fichus, aux yeux noirs triomphants,
Célèbrent le grand jour sur les pelouses vertes,
Tandis qu'à leurs côtés folâtrent les enfants.

Enlacés dans la roue, et perdus dans l'espace,
On voit aller, venir les couples transportés ;
Et coups d'œil provoquants, sourires pleins de grâce
Répandent dans les airs d'électriques clartés !

## XVIII

### LES CHARRUES

Les laboureurs aux champs ont conduit leurs charrues.
Bonne chance! Accouplés six par six, grands et forts
Les bœufs roux, haletants et les cornes tendues,
Pour tirer sur les jougs s'épuisent en efforts.

Les noirs sillons creusés obscurcissent la plaine;
Les valets en gaîté font un bruit infernal;
La cigogne pensive à pas lents se promène
Sur la terre qui sèche au soleil matinal.

A l'heure de la sieste arrivent du village
Femmes, filles, enfants apportant le manger ;
On couche la charrue, on défait l'attelage,
Et l'on mène les bœufs paître dans le verger.

O saint travail des champs! La terre nourricière
Et l'homme, grâce à toi, sont tendrement unis !
— Le soir, les laboureurs regagnent leur chaumière
En criant près des jougs sous les grands cieux brunis.

## XIX

### Les Semeurs

Les semeurs diligents, dès que le jour commence,
Vont aux champs, dans la plaine et sur les coteaux verts,
Et, leur sac à la main, ils jettent la semence
Au gré du vent, le long des sillons entr'ouverts.


L'un dit : « Que mille épis germent de ma semaille!
— Dieu le veuille! » répond un gars. «Que de l'oiseau
» Ton grain ait la rondeur, et le poids, et la taille,
» Et que sa tige soit plus haute qu'un roseau !

» Puisse ton blé, poussant du soir jusqu'à l'aurore,
» Offrir un abri sûr aux pigeons harassés,
» Et lorsque la moisson sous le soleil se dore,
» Voir nager dans ses flots les couples enlacés ! »


Mais voici les semeurs au pied de la colline
Ils travaillent joyeux jusqu'au soleil couchant ;
La herse, derrière eux, promenant son épine,
Recouvre la semence et nivelle le champ.

## XX

### RODICA {

Sa cruche pleine d'eau sur son épaule blanche,
Marchant d'un pas léger et prompt le long des blés,
Rodica passe accorte, et le poing sur la hanche,
Auprès des moissonneurs dans le champ rassemblés.


Dès qu'ils la voient au loin s'avancer dans la plaine,
Ils accourent disant : « Rodica, tendre fleur !
» Puisque tu viens à nous avec ta cruche pleine, [12]
» Que Dieu remplisse aussi les souhaits de ton cœur !

» Puisses-tu devenir impératrice et reine
» Ne fouler que des fleurs sous tes pieds triomphants,
» Et dans la douce paix de ta maison sereine,
» Mère heureuse, bercer d'adorables enfants ! »


Puis ils vident sa cruche, et des pieds à la tête
Couvrent l'enfant d'épis ; mais elle dit : « Je pars ! »
Et s'envole légère, ainsi qu'une alouette,
En secouant le blé dans ses cheveux épars.

## XXI

### LE BOIS DE MIRCESTI [13]

Le zéphyr printanier dans les branches murmure
Entr'ouvrant les bourgeons, les feuilles et les fleurs :
Le bois rit dans l'éclat de sa verte ramure,
Et l'on entend jaser les gais merles siffleurs.


O merveille ! ô doux charme ! ô sève de la vie !
Chaque jour voit éclore une fleur dans les champs,
Et, chaque jour, vers Dieu, de la terre ravie,
Comme un hymne sacré, montent de nouveaux chants !

Tout renaît ici-bas : tout, dans ce vaste monde,
Au souffle du printemps se ranime, est heureux :
L'homme pénètre au sein de la forêt profonde
Où l'ombre et la lumière entrecroisent leurs jeux.

Il rêve doucement : il sent dans sa poitrine
Résonner des accents émus, mélodieux ;
Son cœur bat, transporté d'une extase divine,
Et des larmes d'amour jaillissent de ses yeux !

Tout revit ; plus d'ennuis, plus de souci morose ;
L'espoir rit à nos vœux sous les cieux azurés ;
Les oiseaux font leur nid ; voici s'ouvrir la rose ;
La terre nous promet ses beaux épis dorés !

L'araignée a tissé sa mince toile blanche
Sur un frêne, et son fil semble un pont dans les airs ;
Le loriot, caché dans son nid, sous la branche,
Avec le rossignol fait de charmants concerts.

Les papillons, ces fleurs à qui Dieu mit des ailes,
S'enlacent sur le sein des muguets frais et blancs ;
Rubis pourprés, joyaux vivants, les coccinelles
Emaillent les tapis des prés étincelants.

Ecoutez ces bruits sourds, ces rumeurs continues ;
Le chêne immense parle aux roseaux murmurants ;
L'aigle au doux rossignol, l'ardent soleil aux nues,
Les papillons aux fleurs, les ruisseaux aux torrents.

Le chêne dit : « Roseaux ! j'aime vos tiges frêles ! »
L'aigle écoute ravi le rossignol charmant.
Le papillon murmure aux fleurs : « Vous êtes belles!»
Eaux, nuages, rayons, tout s'unit en aimant.

Cher bois ! cher paradis, sous le soleil, splendide,
Mystérieux la nuit, à l'ombre ravissant,
Tu me parais plus beau que les jardins d'Armide,
Et le Sireth 14 te ceint de son bras caressant.

6

Ton ombre, qui se joue, à travers les grands frênes,
Avec les gais rayons du magique soleil,
Comme une jeune nymphe à l'affût sous tes chênes,
Attire les passants, les invite au sommeil;

Et tes arbres en fleur, tes sources, tes ramages,
Tout les charme, les grise, ô mon bois bien-aimé!
Car dans tes frais sentiers et sous tes frais ombrages,
Tout leur parle d'amour, au printemps parfumé!

## XXII

### LES BORDS DU SIRETH [15]

Le brouillard du matin sur les arbres s'élève
Et flotte, blanc fantôme, entre les verts rameaux.
— Comme un dragon qui tord ses flancs d'or sur la grève,
Le clair Sireth serpente, au loin, sous les ormeaux.

Dès l'aurore, je vais, parmi les renoncules,
Regarder l'eau, la voir aux tournants se cacher,
Se dresser sur le sable en vagues minuscules
Ou dormir dans un coude en rongeant le rocher.

Un saule blanc se penche au bord du flot limpide ;
Voici par une tanche un moucheron happé ;
Un grand vol de canards s'abat bruyant, rapide,
Soulevant un nuage aussitôt dissipé.

Et mon esprit charmé suit, sous le ciel superbe,
Cette eau qui coule ainsi de toute éternité ;
Le bois s'emplit de bruit. Un lézard vert, dans l'herbe,
Me regarde longtemps de son œil hébété.

## XXIII

### FLEURS DE NÉNUFAR

Le jour paraît à peine, et des cris d'allégresse
S'échappent des grands joncs par le vent agités;
Est-ce une nymphe au bain ? Une jeune déesse?
Non — mais des vierges, sœurs des blanches déités.

Elles risquent d'abord dans l'onde un pied timide,
Puis sous le grand ciel bleu folâtrant par essaims
Et mirant leurs beaux fronts dans le cristal humide,
De fleurs de nénufar elles ornent leurs seins.

Un rayon de soleil sur les joncs glisse et passe,
Caressant, dans ce nid que dore un gai matin,
Des trésors de jeunesse et des trésors de grâce,
D'idéales blancheurs et des chairs de satin.

Regardez : la cité verdoyante s'entr'ouvre,
Une enfant apparaît, sort, glisse;…et ronds et blancs,
Sous le soleil ardent qui de ses feux les couvre,
Etincellent soudain deux nénufars tremblants.

## XXIV

### Le Concert dans le Bois

Sous les rayons d'argent de la lune sereine
Tous les hôtes du bois sont réunis, ce soir,
Pour entendre un chanteur que le printemps ramène
Des pays où la vie est triste et le ciel noir.

Les vers luisants, essaims de flammes vaporeuses,
Brillent dans les buissons, et rehaussent encor,
En répandant au loin leurs clartés phosphoreuses,
Du bois étincelant le magique décor.

Par couple on voit entrer dans cette apothéose
La pivoine vermeille et l'œillet conquérant,
La blanche marguerite et la clochette rose,
Et le pois de senteur, à l'arome odorant.


Voici le mélilot, les boutons d'or, les mauves,
Le basilic, ami des seins nus et coquets ;
La belle giroflée, aux tons ardents et fauves,
Les cyclamens marchant devant les frais muguets.


Voici le serpolet que le thym accompagne,
Le nénufar, qui sort de l'onde, soucieux ;
En le voyant ainsi tout jaune, et sans compagne,
La violette rit d'un ris malicieux !


Mille autres fleurs sont là, dans le gazon mêlées,
Capucines, iris, liserons frêles, blancs,
Portant sur un rayon de lumière enfilées
Des gouttes de rosée à leurs fronts scintillants.

Elles vont dans le pré, loin des mauvaises herbes,
Regardant arriver, du haut des cieux sereins,
Paons, loriots, faisans aux plumages superbes,
Coucous bouffis d'orgueil, merles siffleurs, serins ;

Geai bavard, alouette au soleil bienheureuse,
Hirondelle annonçant le retour des beaux jours,
Verdiers se poursuivant dans la forêt ombreuse,
Tourterelles disant leurs peines, leurs amours !

On voit venir encor, dans sa riche chlamyde,
La coccinelle, et puis, des grillons à foison ;
Les papillons amis de la rosée humide,
Les escargots portant sur le dos leur maison.

Des cornes de leur front on rit avec délices ;
L'abeille cependant des roses fait le tour,
Et, savourant le suc très doux de leurs calices,
Leur murmure en secret de tendres mots d'amour !

Mais soudain une branche a frémi sur un frêne;
C'est le chanteur aimé qui prélude, parmi
Le silence du vent, de la fleur et du chêne :
Sous un dais transparent le bois semble endormi!

Plus douce que la voix d'un ange, une harmonie
Céleste se répand en flots purs, caressants;
Dans la nuit apaisée, elle monte, infinie,
Et remplit tout le bois de ses divins accents.

Pensif, l'astre des nuits semble vouloir suspendre
Son cours. Un charme exquis, profond, délicieux
Ravit les cœurs troublés, et l'on croirait entendre
Des perles s'égrener sur les harpes des cieux!

C'est le doux rossignol qui chante avec tendresse
Les secrets de son cœur, ses rêves, son tourment!
Tous l'écoutent plongés dans une sainte ivresse!
...Le pavot rubicond, seul, dort profondément.

## XXV

## Le Chasseur

Dès l'aube, le chasseur, le cœur plein d'allégresse,
Va saluer le jour étincelant, vermeil,
Tandis que mille voix fêtent avec ivresse
L'union de la Terre et du divin Soleil.

Invisible océan, des flots d'air pur, limpide,
Caressent doucement la plaine et la forêt ;
Le pas dans les sentiers laisse une trace humide
Qui sous un chaud rayon s'efface et disparaît.

Le chasseur aspirant l'air matinal, admire
Les jeux de la lumière à travers les berceaux,
Et l'aigle au beau plumage, et la fleur qui se mire
Dans la fraîcheur de l'ombre, au fond des clairs ruisseaux.

Sous un grand peuplier, dont l'ample et blanc feuillage
Ombrage le vallon, il rêve, loin du bruit ;
Deux écureuils cachés, tout près, dans le bocage
Narguent, en souriant, son fusil qui reluit.

## XXVI

### LE PONT

On entend murmurer la nuit mélodieuse ;
L'arbre dans la forêt frissonne avec amour ;
Et l'Aurore soudain apparaît radieuse
Comme un œil ébloui par la clarté du jour.

De l'Orient vermeil s'élançant dans le monde,
Rose, joyeuse, douce ainsi qu'un rêve aimé,
Elle croise en chemin une enfant fraîche et blonde [15]
Qui porte sur son sein un bouquet parfumé. [17]

La mignonne s'assied près d'un pont, désolée ;
A ses grands cils dorés perlent des pleurs brûlants ;
Et le flot, enlevant les fleurs de la vallée,
Les jette avec un doux murmure à ses pieds blancs.

« Pourquoi » lui dit l'Aurore, « as-tu ce regard sombre ?
» A ton âge, il faut vivre et mourir en aimant.
» Ne sais-tu pas qu'il est des nuages sans ombre,
» Et qu'on voit des douleurs ne durer qu'un moment ? »

## XXVII

## L'ÉTANG

L'air vif d'un gai matin a ranimé la plaine ;
Son souffle rafraîchit et les yeux et le cœur :
Perdu dans le brouillard, l'étang se voit à peine ;
Il attend le soleil, triomphant et vainqueur.

Le ciel s'est empourpré. Mêlant leur doux ramage,
Sur les gerbes de blé jasent les oisillons ;
Grand concert dans l'étang joyeux. — Comme un nuage,
Un long vol de canards surgit des tourbillons.

Une barque soudain parmi les joncs s'avance :
C'est un chasseur... Déroute, émoi de toutes parts :
Le vanneau fuit ; la foulque au fond de l'eau s'élance,
Et le serpent s'enroule autour des nénufars !

A répandre la mort la barque déjà prête
Va, du soleil à l'ombre, entre des cris dolents :
« Mais rassurez-vous donc ! le chasseur est poète ! »
Dit un héron, marchant sur la rive, à pas lents.

# XXVIII

## La Fontaine

Dans le sentier fleuri qui mène à la fontaine,
Accorte sous sa jupe et chantant sa chanson,
Marche d'un pas léger une svelte Roumaine,
Dont la mamelle nue allaite un nourisson.

Elle va devant elle, en filant sa quenouille ;
Son grand fuseau qui pend tourne agile en sa main ;
Sur ses pas gracieux l'oiseau vole et gazouille ;
Elle embrasse son fils, et poursuit son chemin.

7

C'est ainsi qu'elle arrive au bord de la fontaine :
Un cavalier est là, venant de loin, lassé ;
Il la regarde, puis tirant la cruche pleine
D'un limpide cristal, la lui tend empressé.

Elle lui dit « Merci ! » souffle sur l'eau très pure, [18]
De sa lèvre vermeille en absorbe un soupçon ;
Puis il boit à son tour, abreuve sa monture,
Et jure qu'il n'est pas plus exquise boisson.

# XXIX

## LA MOISSON

L'air brûle : l'alouette, en palpitant des ailes,
Descend du haut des cieux sur des rayons ardents ;
La caille dans les blés chante ses ritournelles ;
Dans les prés les grillons poussent leurs cris stridents.

Parmi les lourds épis, vaste mer qui murmure,
Les moissonneurs joyeux entrent au jour levant ;
Les filles sans fichu, les beaux gars sans ceinture,
Semblent nager, perdus dans un flot d'or mouvant.

La faux, engin de mort, abat l'épi superbe,
La caille emporte au loin ses petits effarés;
A la gerbe bientôt succède une autre gerbe;
La récolte se dresse en longs monceaux dorés.


Deux gentils amoureux, pour chaque meule prête,
Echangent un baiser — dans la moisson blottis; —
Un oiseau dit, volant au-dessus de leur tête :
« Tendre sera le pain fait avec leurs épis ! »

## XXX

### LA FENAISON

L'aube resplendissante a blanchi la colline
Et répand ses clartés sur les monts empourprés ;
L'herbe épaisse, brillante, au gré du vent s'incline ;
Son ombre ondule, en noirs rubans, le long des prés.

Mais voici les faucheurs. Sous leur lame affilée
Le champ reluit bientôt comme un vert bassin d'eau,
Et l'on voit se dresser, lentement empilée,
La meule qu'empanache un mince et long roseau.

Plus bas, dans la clairière, où l'ombre paraît verte,
Où la fleur embaumée éclôt dans tous les coins,
La faux grince en sa gaîne humide, et vive, alerte,
L'alouette en chantant voltige sur les foins.

Un gars qui fauche seul, à l'ombre, sous un rouvre,
Voit de l'herbe foulée aux pieds... Est-ce un mulot
Tapi dans son terrier ? Il se penche et découvre...
...Une boucle d'oreille au pied d'un mélilot.

# XXXI

## PORTRAIT

*Dédié à Madame X. Y. Z.*

Tu dois, dans ta splendeur, te sentir vraiment reine,
Car devant ta beauté plus on s'incline bas,
Plus ton front se relève, et tu n'entends qu'à peine
L'hymne d'amour sans fin qui monte sur tes pas.

Tes yeux glacent de loin toute tendresse humaine ;
Tels deux astres brillants du froid septentrion ;
Ton regard dédaigneux vaguement se promène
Sur la foule à genoux qui murmure ton nom.

Et si l'ardent soleil voulait par impossible
Donner pour ton amour son immortalité,
Ses rayons s'éteindraient sur ton cœur insensible,
Nous privant à jamais de chaleur, de clarté.

Hautaine, impérieuse, aux faiblesses rebelle,
Ton indifférence a la cruauté du fer ;
Pareille au marbre blanc, tu restes froide et belle
Comme la lune au sein des longues nuits d'hiver.

# XXXII

## PORTRAIT

*Dédié à la princesse Nathalie Ghika.*

Sensible, gracieuse, aimable, vraiment femme,
Tu plais comme le ciel serein du doux printemps;
Dans ton regard charmant se reflète ton âme;
Rien n'assombrit l'azur de tes yeux de vingt ans!


On ne se lasse point de te voir, de t'entendre;
Comme l'espoir divin, tu sais nous consoler!
L'âme trouve en ton âme une sœur douce et tendre,
Et jamais ne veut plus loin d'elle s'envoler!

Ton charme triomphant dans notre sein éveille
D'ardents désirs de gloire et d'immortalité ;
Un sourire, un baiser de ta lèvre vermeille
Rendent à l'exilé son pays regretté !

Quiconque t'aperçoit est satisfait de vivre,
Car la joie et l'amour voltigent sur tes pas :
Tout rit autour de toi ; ton regard nous enivre ;
Nous t'adorons : toi seule ici ne le sais pas !

*185...*

## XXXIII

### SUR LES COTES DE LA CALABRE

L'onde aux reflets brillants rend la nuit lumineuse ;
Au large, le vaisseau vogue silencieux,
Traçant un long sillon sur la mer écumeuse ;
La lune, vaisseau d'or, flotte dans les grands cieux !

Dans l'ombre, à droite, on voit se dresser le cratère
Du vieil Etna, d'où sort un panache de feu ;
Géant connaissant tous les secrets de la terre,
Il semble bombarder d'étoiles le ciel bleu !

Voici Charybde à gauche, âpre, funeste aux voiles :
Sur un grand pont d'argent dans l'infini lancé
Et qui rejoint le ciel tout parsemé d'étoiles,
S'avance le vaisseau mollement balancé !

Dans l'air tiède, la mer au loin dort et scintille ;
La Sicile se baigne au fond des flots d'azur,
Et l'on aspire, auprès du rivage fertile,
De Syracuse en fleurs le parfum doux et pur !

## XXXIV

### LINDA RAIA [19]

Près du vaste Alhambra, fier de ses tours mauresques,
S'élève un pavillon de marbre, décoré
De colonnes, de fûts dorés et d'arabesques
Par où l'on voit briller le grand ciel azuré !

Lorsque le soir descend sur la terre échauffée,
Linda Raïa se montre en ce beau belvéder,
Et les gens de la plaine assurent qu'une fée
Plus blanche que la neige apparaît dans l'éther.

Les Maures, les Chrétiens admirent ses prunelles :
Une grenade en main, elle va, d'un pas lent,
Et lance, par la grille, aux tendres tourterelles
Les rubis empourprés du beau fruit rutilant.

Soudain, son bracelet disparaît dans l'espace
Et tombe dans la plaine où vient, jeune et charmant,
Don Pedro de Castille : au bras il se le passe,
Sourit à la princesse, et repart fièrement !

## XXXV

## LA ROUTE DES CAPTIFS [20]

Au ciel, une rivière opaline d'étoiles
Répand sur notre sol des reflets lumineux;
Les astres, flotte d'or aux radieuses voiles,
Du céleste Océan sillonnent les flots bleus.


Parfois, se detachant de la voûte limpide,
Une étoile de feu parcourt l'immensité,
Traçant, au sein des nuits, un blanc sillon rapide
Et bref comme nos jours devant l'éternité!

Sous le ciel infini s'étend triste, sans borne,
Une plaine déserte, à l'aspect désolé;
Tel le vide que laisse, au fond de l'âme morne,
Un être qu'on aimait d'ici-bas envolé!


Et ces étoiles sont les mystérieux guides
Menant les fugitifs vers le pays roumain;
La plaine est le Boudjak [21] où, blêmes et livides,
Ils fuyaient autrefois le Tartare inhumain!

# XXXIV

## Bouquet

*Cheval favori de Mademoiselle Marie Docan.*

Nos vieux contes, redits le soir, lorsque l'on veille,
De chevaux fabuleux nous parlent bien souvent :
L'un a sa robe d'or au blond maïs pareille;
Plus noir que le péché, l'autre est un fils du vent !

Dépassant dans son vol l'hirondelle effrayée,
Ils transportent dans l'air de beaux Princes charmants;
Par leurs yeux fulgurants la bête est foudroyée;
Leurs pieds donnent la mort aux dragons écumants.

8

D'autres chevaux, doués du don de la parole,
Et plus légers que des papillons diaprés,
Foulent les jeunes fleurs sans froisser leur corolle,
En promenant la douce Iléna [22] dans les prés.


Vintesh, Graour [23] étaient des mythes, des mensonges
Dont je rêvais, l'hiver, près de l'âtre joyeux;
Mais voici qu'un cheval, plus beau que tous les songes,
Ma charmante mignonne, ici s'offre à mes yeux!


Son mors d'argent, plus blanc que les blancs lys eux-mêmes
Brille sous les rayons du soleil éclatant;
Et ton coursier, sachant qu'il est beau, que tu l'aimes,
Se mignarde, pareil au cygne sur l'étang.


S'il te voit, il t'admire; il hennit, s'il te flaire;
Ta caresse lui cause un tendre et doux émoi;
Et ta main le retient, et ta voix le modère :
Vous vivez, toi pour lui; — lui, ma belle, pour toi!

Vos cœurs sont confondus lorsque, sans défaillance,
Vous volez tous les deux, hardi couple enchanteur :
Il semble te donner des élans de vaillance,
Et tu lui prêtes, toi, ton charme séducteur !


Et quiconque vous voit galopant dans la plaine
Dit : « Oh ! le beau coursier ! oh ! l'adorable enfant !
» N'est-ce pas le printemps en fleur qui se promène
» Sur un buisson de lis, au soleil triomphant ? »

## XXXVII

### Le Mandarin

Le mandarin revêt sa belle robe grise
Aux fleurs d'or, aux boutons d'opale ; puis il met
Sur ses cheveux nattés sa calotte cerise
Avec un grand bouton de cristal au sommet.

Dans son palais d'été, plein de merveilles rares,
Monstres d'ivoire blancs, jades, lambris sculptés,
Des lanternes de prix, aux formes très bizarres,
Sur d'effrayants dragons projettent leurs clartés.

Le soleil, se glissant au fond des galeries,
Sur le laque des murs se promène en zigzag,
Et, dans un beau jardin, des pelouses fleuries
Reflètent des lotus dans le miroir d'un lac.

Debout, sur le sommet d'une pagode, un bonze
En l'honneur de Boudha chante dès le matin,
Et l'écho prolongé d'un grand tam-tam de bronze
De bruits assourdissants remplit tout le lointain.

Mais voici s'avancer, langoureuse et câline
En sa jonque dorée aux rames de sandal,
Rêve enchanteur, trésor de volupté divine,
Une mignonne enfant, au beau sein virginal.

Franchissant du palais le portique superbe,
Elle foule à pas lents le sable doux et fin,
Et sous les arbres nains, les papillons, dans l'herbe,
Comme pour l'arrêter, lui barrent le chemin.

Sous son grand parasol, belle, exquise, pimpante,
Auprès du mandarin la voici, tendre fleur!
Ses regards, ses soupirs, sa grâce enveloppante,
L'invitent à goûter le suprême bonheur!

Mais lui, couché sur un grand dragon polychrome,
Insensible à l'éclat divin de ces beaux yeux,
Savoure de son thé le pénétrant arome,
Et regarde monter un cerf-volant aux cieux!

## XXXVIII

### PASTEL CHINOIS

*Dédié à M. J. A. C.*

On voit sur un canal qui serpente en silence
De beaux palais de laque, éclatants de blancheur;
Les nobles mandarins, au sein de l'opulence,
Coulent des jours heureux dans leur douce fraîcheur.


Sous les toits arrondis courent des galeries
Que des lanternes font briller de mille feux,
Et le long des piliers, des guirlandes fleuries
Retombent en festons sur les balcons ombreux.

Des aras bleus et blancs, gâtés par leurs maîtresses,
A l'appel de leurs voix accourent bienheureux,
Et sur leurs lèvres, nids de charmantes caresses,
Cueillent d'exquis baisers et des fruits savoureux.

Puis, ces voleurs ailés s'en vont, de branche en branche,
Au-dessus des écrans de satin voltigeant,
Boire au bord d'un bassin de porcelaine blanche
Où nagent des poissons aux écailles d'argent.

Un singe grimaçant s'élance de l'échine
D'un vilain dieu grotesque, et tombe, ô désarroi!
Sur un bel échiquier en ivoire de Chine,
Renversant pêle-mêle et Tours, et Reine, et Roi.

Sur le canal, trois ponts, minces comme des flèches,
Ont, sur leurs parapets, aux rebords annelés,
Des dragons dont les yeux répandent des flammèches,
Et de grands mâts ornés d'étendards étoilés.

Et par dessus les toits des pagodes sans nombre
Se dresse — tel un bloc de cristal transparent —
Une tour de faïence, à sept rangs, où, dans l'ombre,
Brûlent de larges fleurs à l'arome odorant.


Sur l'un des ponts s'avance une beauté divine ;
Un grand parasol bleu préserve du soleil
Son teint doré, son sein de lys, sa bouche fine
Dont une mouche noire orne le coin vermeil.


Son ombre, flottant sur la surface azurée
De l'onde, passe avec un doux balancement ;
Un jeune homme, qui pêche en sa jonque dorée,
Tressaille, la regarde, et sourit tendrement.


Perché comme un oiseau nocturne sur le faîte
De la tour, un vieillard surprend nos jouvenceaux :
Sur du papier de riz il peint leur tête-à-tête,
Et le papier paraît de feu sous ses pinceaux !

# XXXIX

## Le Baragan [24]

*Dédié à S. A. R. le Prince Régnant.*

Dans la savane nue, à tous les vents ouverte,
Qui se perd sous le ciel profond, mystérieux,
Ni source fraîche, ni moisson, ni forêt verte,
Rien qui du voyageur vienne égayer les yeux.

Sous le soleil brûlant s'étend le désert vide,
Terrifiant le cœur de tout être vivant ;
Et l'herbe est desséchée, et la terre est aride,
Et la poussière vole éparse au gré du vent !

De toute éternité répandant l'épouvante,
La solitude gît, muette, en ces climats,
Assoupie, en été, lorsque le grillon chante,
Ranimée un instant, l'hiver, par les frimas.

Là, meurt dès le printemps la fleur qui s'ouvre à peine,
Le feuillage périt au milieu de l'été,
Et l'automne est sans fruits, et la bise inhumaine
L'hiver, avec fracas, parcourt l'immensité !

Dans cette vaste plaine, au nom barbare, informe,
Océan d'herbe rouge et de sombre poussier,
Se dresse, près d'un puits, une bascule énorme :
Tel le cou mince et long d'un immense échassier.

Un chariot s'arrête auprès de la fontaine ;
Les paysans ont mis leurs buffles au repos ;
Sur des fagots flambants une svelte Roumaine
Place un chaudron ; plus loin, un chien ronge des os.

Debout sur le timon, un jeune enfant promène
D'un bout à l'autre bout de l'extrême horizon
Ses yeux chercheurs : mais rien n'apparaît dans la plaine,
Ni forêt verte, ni frais ruisseau, ni maison.


Seules, sous le grand ciel, les cigognes volantes
Passent, ou des vautours aux cruels appétits,
Dont les serres d'acier de sang sont ruisselantes,
Et qui sur les Karpaths ont laissé leurs petits.


Qu'il sera beau le jour de salut et de grâce
Où, traversant les airs sur ses ailes de feu,
Quelque dragon viendra, triomphant dans l'espace,
Chasser la mort qui gît inerte dans ce lieu,


Et de sa voix de fer, par cent voix répétée,
Rompant de ce tombeau le silence éternel,
Annoncer fièrement qu'un nouveau Prométhée
A dérobé, vainqueur, le feu sacré du ciel!

*Cannes, 20 mars 1870.*

## XL

### Le Rempart de Trajan [25]

Longeant la vaste plaine où le Danube coule,
Où l'œil s'égare au loin comme sur l'Océan,
Vestige du passé, dans les champs se déroule,
Joignant deux horizons, le rempart de Trajan.

Il s'étend comme un long sillon qu'une trirème
Immense aurait tracé du temps des vieux Romains,
Ou la corde de l'arc que Décébale même [26] ,
Le monarque puissant, raidissait de ses mains.

9

Sur les ailes de feu d'un dragon fantastique
Mon esprit emporté dans des poussières d'or
Revoit — flot déchaîné sur le rempart antique —
Les vieilles légions qui combattent encor !

Long torrent d'ombres aux chlamydes consulaires,
Aux cuirasses d'argent, ces soldats glorieux
Remplissent de nouveau les grands monts tutélaires
Et les champs verdoyants de cris victorieux.

Les étrangers — archers, tirailleurs — sont en tête,
Portant dans leurs faisceaux sept javelots triés ;
Les fantassins, le front chargé de peaux de bête,
Les suivent, ayant des caliges à leurs pieds.

Voici marcher d'un pas léger, près des Ibères,
Les courageux Gaulois, toujours gais et plaisants ;
Voici des cavaliers les escortes légères,
Des plumes aux cimiers de·leurs casques luisants.

La baguette à la main, les tribuns fiers et braves
Conduisent les soldats : puis viennent enchaînés
Les chefs daces vaincus, la foule des esclaves,
Et des chars remplis d'or, par des captifs traînés.

Des clairons retentit la fanfare guerrière !...
Le flot d'envahisseurs par Rome déversés
A d'autres conquérants servira de barrière...
Quel rêve, et vers quels temps s'envolent mes pensers !

Le soir tombe, [27] couvrant les vastes champs de seigle ;
Sur sa flûte un berger module un air dolent ;
Son chien dort près de lui : dans les airs vole un aigle,
Et sur le vieux rempart broute l'agneau bêlant !

*1874.*

FIN

# NOTES

1. — Mircesti, situé dans l'arrondissement de Moldova, district de Roman, est le nom de la propriété d'Alecsandri. Le poète y est mort le 3 septembre 1890; il y est enterré.

2. — Le poète avait eu à Venise, qu'il a chantée avec enthousiasme dans nombre de ses poésies, un touchant roman d'amour. (Voyez l'Introduction.)

3. — Autrefois, à l'approche des relais de poste, les postillons poussaient des cris retentissants et faisaient claquer bruyamment leur fouet pour annoncer leur arrivée.

4. — Les Roumains donnent aux branches d'osier couvertes de bourgeons argentés le nom de *Martzishori*. Ils cueillent ces branches et les suspendent dans leurs maisons, le jour des Rameaux, en signe du retour du printemps. (V. A.) [1].

---

[1]. — Nous faisons suivre des initiales V. A. (Vasile Alecsandri) les notes de l'auteur.

5. — Homère a écrit l'*Iliade* et l'*Odyssée* d'après des
traditions et peut-être même d'après des fragments de
poèmes populaires. L'Arioste a composé sa fantastique
épopée de l'*Orlando furioso* d'après les légendes de cheva-
lerie répandues en Italie et embellies par l'imagination du
peuple, ami du merveilleux.

Le peuple est donc la source des plus poétiques créa-
tions, des œuvres vraiment impérissables, et les grands
poètes qui apparaissent comme de rares météores ne sont
que les évocateurs et les révélateurs pleins de maîtrise de
la poésie populaire débordant de leur âme.

Nos contes (roumains) forment un trésor si riche en
inventions ingénieuses, en images féeriques, en fleurs de
gracieuse poésie que si un nouvel Arioste naissait en Roumanie, il produirait un poème d'une valeur aussi inappré-
ciable que l'*Orlando*.

On y trouve une langue harmonieuse et des passages
entiers versifiés, de sorte qu'on pourrait croire que ces
contes sont des poèmes anciens que le temps a mis en
prose On y rencontre toutes les imaginations d'un génie
fécond et original, telles que : princes charmants aux cheveux d'or *(fetzi-frumoshi)* ; filles d'empereur si belles qu'elles paraissent avoir été arrachées aux rayons du soleil ;
chevaux ensorcelés qui volent dans les nues ; serpents aux
écailles d'or, dont les nids sont remplis de pierres précieuses ; cerfs portant entre leur ramure des berceaux de fées ;
oiseaux merveilleux à la voix humaine ; aigles fantastiques qui habitent les profondeurs de la terre, « le monde

noir » ; pommes d'or qui se transforment en palais ; que-
nouilles d'argent qui filent toutes seules. ponts d'acier,
arbres produisant des rubis et des émeraudes, etc. etc.

Nous revoyons, en outre, dans ces contes, tous les êtres
fantastiques qui nous ont effrayés dans notre enfance :
monstres fabuleux *(balaouri)* ; dragons ailés *(zméi)* ; géants
tels que « Tranche-Montagne » *(sfarma péatra)* et « Tord-
Chêne » *(strîmba lémné)* ; chiens aux dents d'acier, etc. ;
enfin, nous y retrouvons les dieux du paganisme canonisés
et féminisés par le christianisme : *Sainte Mercure* (Mercure), *Sainte Joé* (Jupiter) *Sainte Vinere* (Vénus) et la
belle des belles « Iléana Cosinzéana », la plus gracieuse
figure qui soit sortie de l'âme du peuple roumain.

En étudiant nos contes avec attention et en les compa-
rant avec quelques passages de l'*Orlando*, il serait facile de
retrouver dans leur trame des tableaux, des scènes et
même des héros et des héroïnes figurant, sous d'autres
noms, dans l'œuvre de l'Arioste. (V. A )

6. — Personnage des contes populaires. (V. A )

7. — Voyez la note 5.

8. — Giboulées de mars. — Le Roumain caractérise
sous des formes poétiques ou plaisantes les variations du
temps. C'est ainsi qu'il a surnommé « *jours de la vieille,* »
les premiers jours du mois de mars (giboulées de mars),
assurant qu'ils sont insupportables comme une vieille
femme qui dispute sans cesse, qui pleure, qui se lamente
et ne laisse personne en repos. Toutefois, la véritable
dénomination de *jours de la vieille* vient de la fête de

Dokia (*Baba Dokia,* la vieille Eudoxie), laquelle tombe
au commencement de mars. Ces jours sont suivis de l'appa-
rition de la cigogne, des agneaux, de l'alouette, des hirondelles, etc., etc. C'est l'époque du retour en Roumanie
des oiseaux qui ont émigré depuis l'automne ainsi que de
la naissance des agneaux. (V. A.)

9. — Les loups-garous font partie du monde fantastique
des stryges, des goules, des vampires, des sylphes qu'on
voit paraître dans les contes et les superstitions populaires. (V. A.)

10. — Grande balançoire qui tourne.

11. — Danse populaire de la Roumanie : c'est, à peu de
chose près, le *chorus* ou la *chorea* des Romains, tels qu'on
les voit représentés sur les bas-reliefs antiques.

12. — Sortir au devant d'un voyageur ou d'un laboureur
avec un seau, une assiette, un verre pleins est un signe de
bon augure. (Tradition populaire. — V. A.)

13. — Voyez la note 1.

14. — Le Sireth, l'un des grands fleuves de la Roumanie,
prend sa source dans les flancs des Karpathes en Bucovine,
et se jette dans le Danube, non loin de Galatz.

15. — Voir la note précédente.

16. — Le texte roumain porte : « une jeune fille *cosinzéana* c'est-à-dire : belle comme Iléana Cosinzéana (Voyez
la note 5).

17. — Les jeunes paysannes roumaines portent sur elles
des fleurs de valériane pour se rendre plus attrayantes.
(V. A.)

18. — En guise de libation à la nymphe de la source. (Tradition populaire).

19. — Fille de Boabdil, le dernier roi maure de Grenade. (V. A.)

20. — Les Roumains donnent le nom de *Route des Captifs* à cette agglomération d'étoiles qui forment à la surface du ciel comme une rivière lumineuse *(la Voie lactée)*. A l'époque de l'invasion des Tartares, les captifs qui s'échappaient de leurs mains regagnaient la Roumanie en suivant cette constellation (V. A.)

21. — Du turc : *angle, coin.* — Nom sous lequel les Turcs désignent la Bessarabie.

22. — Voyez la note 5.

23. — Vintesh (rapide comme le vent) et Graour (cheval gris étourneau) sont des noms de chevaux des contes populaires. (V. A )

24. — Vaste plaine à moitié déserte, dans le district de Ialomitza (Roumanie) entre la rivière Ialomitza et le Danube.

25. — L'existence d'une voie romaine traversant la petite Valachie, du nord au sud, et appelée *Calea Traianului*, a été signalée par de nombreux historiens.

26. — Célèbre roi dace.

27. — Le texte roumain porte : *dans l'ombre de Murgila.* C'est un personnage des contes populaires personnifiant le crépuscule.

FIN DES NOTES

# Table des matières

TABLE 117